KB033502

안국동울음상점1.5

장이지

자서

우주의 시간은 길고 길어서 우리의 이 삶과 똑같은 삶이 언젠가 꼭 되풀이되는 때도 있을지 모릅니다. 또 그런 일이 한 번만 일어나는 것도 아닐 것입니다. 그 시간의 굴레 속에서 지치지 않고 살기 위해서라도 약간의 차이를 만들면서 앞으로 나아갈 수밖에는 없는 것이 아닐까요.

첫 시집 『안국동 울음상점』에서 십여 년이 흘렀습니다. 그것과 조금 달라진 개정판을 두려운 마음으로 내놓습니다. 시는 조금 바뀌었지만, 그래도 이번 생에 만난 사람들과 다음 생에도 다시 만나고 싶습니다.

2020년 3월 제주에서 씀.

차례

1부

구미호

-energy drain

한 사람의 혼魂이 내 안에 자리 잡는다. 한 사람의 혼이 내 안에 백일홍을 심는다. 한 사람의 혼이 내 안의 화원에 물을 준다. 한 사람의 혼이 내 안에서 노래한다. 그리운 캔자스를 그리워한다. 횟술을 마신다. 한 사람의 혼이 내 안에서 편지를 쓰고 부치지 못한다. 한 사람의 혼이 그것을 훔치려고 하지만 훔치지 못한다. 훔쳐본다. 크리스마스카드를 부친다. 한 사람의 혼이 내 안에서 내게 전화를 건다. 구름은 난청이요, 비 오는 방의 목소리는 부재중이다. 통신 보안! 통신 보안! 또 시작이다. 외부에서 한 사람이 침대에 담긴 채 화분을 표절한다. 한 사람의 혼이 내 안에서 화분 남자를 소외시킨다. 한 사람의 혼이 내 안에서 길을 떠나고, 한 사람의 혼이 내 안에서 고향으로 돌아온다. 이렇게 백 사람의 혼을 체내에 지니고서도 극북極北의 빙산 위에 서 있는 것 같다. 정녕 고승대덕高僧大德을 청해 서역西域에 불경佛經이라도 가지러 가야 하는가. 이번 생에는 사람 되기는 텄다고, 내 안에서 한 사람의 혼이.

엄청난 기대

-Great Expectations

소년 역할은 이제 신물이 난다. 무대를 대각선으로 가로질러 가 소년은 디디와 고고 앞에 멈춰 선다. **그분**은 오늘 못 오신다고 말한다. 물론 거짓말이다. 그들의 기다림은 바닥난다. 그들의 기다림은 충만하다. **그분**은 세상을 만드신 분이다. 세상을 바깥에서 만드신 분이다. 따라서 **그분**은 이곳에 안 계신다. 행운에 눈이 먼 포조가 퇴장한다. 소년은 무대를 대각선으로 가로지른다. 다른 네 사람에 비해 이 얼마나 존재감 없는 역할인가. 이름조차 없다. 나야말로 막을 내리는 존재이건만, 다들 나를 잊어버린다. 나는 지하철 코인로커를 열어보며 다닌다. 가령 내겐 여러 수단이 있다. 비밀번호를 훔쳐보고 열쇠를 실례할 때도 있다. 물론 드라이버나 그 밖의 공구도 있다. 코인로커를 열어본다. 거기에는 사소한 것들이 있다. 돈이 되는 것들도 있다. (무대가 점점 어두워지고 소년에게 핀 조명. 발소리.) 무대를 대각선으로 가로질러 소년은 코인로커 앞에 멈춰 선다. 코인로커 안에는.

자책하는 자

그는 아버지를 여의었다. 숙환이었다. 호스피스 병동의 간호사가 임종을 지키라며 그를 찾았다. 차라리 보지 않았다면 좋았으리라고 그는 말했다. 임종의 순간을 그는 아주 길게 떠올렸고 나는 뜨개질을 하는 척하며 마흔도 넘은 백수의 불그레한 눈을 훔쳐보았다.

그는 달포 넘게 술에 절어 살았다. 팔다리 할 것 없이 멍이 들어 있었다. 넘어지거나 책상 모서리 같은 데 찍거나 해서 생긴 상처였다. 언제 다쳤는지도 모르겠다고 그는 한심해했다.

며칠 전 섬에 다녀와서 그는 검은 바다의 끝을 보고 울었다고 고백했다. 뜨개질을 하다 말고 그건 너무 연극적이라고 지적하자 그는 또 길고 긴 해변과, 눈이 붉은 새 이야기를 늘어놓았다. 세 시간도 넘게 혼자 떠들 수 있었다. 마치 주변의 미움을 독차지하려는 듯 횡설수설이었다.

어제 그는 교통사고로 죽었다. 목격자의 증언에 따르면 차에 치인 것이 아니라 뛰어들었다고 했다.

온몸에 멍이 피어올라 있었다. 그는 야단맞고 싶었
는지도 모르겠다. 이것으로 그의 수의는 완성되었다.
나는 다시 죽고 싶은 사람을 찾아 나섰다.

내 고향으로 날 보내주오

여자는 아이에게 줄 분유를 오거리 마트에 가서 훔쳤다. 마트 직원과 눈이 마주쳤지만 들키지는 않았다. 거리는 비를 맞아 번들거렸다. 남자는 하는 일 없이 누워 담배를 피우고 있었다. 아이는 멀뚱히 천장을 보고 있었다. 여자는 우는소리를 하다가 남자에게 얻어터졌다. 남자는 거리로 뛰쳐나갔다. 비가 차가워서 금방 후회했다.

남자는 공장을 때려치웠다. 포장마차를 하다가 들어먹었다. 피자 배달을 하다가 달리는 차에 치였다. 붕어빵 장사를 하다가 또 들어먹었다. 지하철역에서 자리를 펴고 너저분한 물건들을 팔았다. 오거리 마트에 가서 남자는 분유를 훔쳤다. 분유를 들고 오자 여자는 불안했다. 같은 상표였다. 밤새 뜬눈으로 여자는 마음의 시궁창을 더듬었다. 여자는 손목을 그었다. 용케 가난을 졸업했다.

아이는 시설로 보내졌다. 남자는 잡동사니들을 싼

15

것을 짊어지고 지하철역의 계단을 한없이 내려갔다. 돌아가신 어머니는 남자가 고향의 축협에 눌러앉았으면 하고 바랐다. 남자는 미친 것처럼 떨이요, 하고 외쳤다. 밑지고 팔았다. 다 팔아버리자고 했다. 저편에서 역사 직원 두 사람이 다가오고 있었다. 죽은 아내가 분유통을 꼭 껴안은 채 이편으로 뛰어오고 있었다. 가만히 보니 손목을 안고 있었다. 그 뒤에서 역사 직원 두 사람이 쫓아오고 있었다. 남자는 배에 힘을 주고 핏대를 올려 떨이요, 떨이예요, 하고 외쳤다.

먹이

롯코우시산六角牛山으로 사슴 사냥을 나간 사내는 피리를 불고 있었다. 암사슴이 우는 소리 비슷했다. 사내를 사슴으로 생각했는지 그것이 손으로 대나무를 헤치면서 큰 입을 벌리고 봉우리 쪽에서 내려왔다. 사내가 깜짝 놀라서 피리 불기를 그치니 그것은 이내 가버렸다.[*]

쵸파: 미안해요, 사실은 남자예요.

혹성탈출: 방금 인지했다, 네카마ネカマ. 이미 늦었다.

쵸파: 진짜로 오실 줄 몰랐어요. 장난이었어요.

혹성탈출: 너도 먹이를 찾고 있었던 거 아냐?

쵸파: 살려주세요.

그것은 구속구拘束具에 묶인 먹이를 내버려둔 채 채찍, 여러 개의 양초와 성냥, 송곳과 바늘 등을 꺼내어 늘어놓았다. 달군 바늘을 무릎 연골에 꽂을 준비를 하고 있었다.

[*] 『도노모노가타리遠野物語』에서.

분자

한동안 **그 녀석**은 우리 집 세탁기나 장롱 속에 살다시피 하였다. 이제는 없다. **그 녀석**은 내가 전투경찰로 복무할 때 어느 시위에서 죽인 놈이다. 쇠파이프를 휘두르기에 곤봉으로 갚아줬다. 머리를 잘못 맞아 뇌수가 흘러내렸다. 병원으로 옮기다가 더럭 겁이 나서 선임들 몇과 함께 서울에서도 오래되었다는 고궁 벽 아래 시커먼 그림자에 잘 묻어 두었다. 텔레비전이나 신문에도 시체가 나왔다는 말은 없었다. 그 일은 거의 일어나지 않은 일이었다. 인터넷에 소문이 떠돌기는 했지만 증거가 없었다. 거의 일어나지 않은 일이라고 치부하였지만, 그것을 비웃기라도 하듯이 **그 녀석**이 집 안에 출몰하기 시작했다. 이런 말을 하면 사람들은 모두 등을 돌렸다. 수학과에 다니는 내 여자친구를 만나기 전까지는 힘들었다. 여자친구는 현대의 주문처럼 되까렸다. **그 녀석**은 아무 의미가 없었던 거라고. *남성, 이십대, 프레카리아트.* 현대에는 통계적인 국면에서만 의미를 띠는 존재가 있다고. **그 녀석**은 개인으로서 얼굴과 이름을 가지지 않았던 거라고. 그 말을 듣고 나서부터 **그 녀석**은 잘 나타나지 않았다. 그 대신 가끔 여자친구가 냉장고 안에서 출몰하곤 한다.

허물

내 친구는, 뱀처럼 징그러운 아이다. 복학생 오빠
는 그 애와 헤어지고 나서 괴로워하다 죽은 거나 마
찬가지다. 그러고도 그 애는 한 달 만에 새 애인을
찾았다. 그것도 한 살 어린 후배다. 사실은 내가 먼저
좋아한 아인데. 서로 죽이 맞아 다니더니 후배가 군
대 가기 전에 이번에도 그 애가 먼저 후배를 찼다. 후
배는 퀭한 얼굴로 군대에 갔다. 바람이 수런거리는
것도 참기 어려웠는지 내 친구는, 뱀처럼 징그러운
아이는 요즘 머리부터 발끝까지 새까만 것으로 둘둘
싸매고 다닌다. 모자를 깊게 눌러쓰고 검은 후드 티
를 입고 검은 마스크를 쓰고 다닌다. 강의실에서도,
동아리방에서도 그 애는 깊은 사혈蛇穴을 만든다. 도
사리고 있다고 몸이 발설한다. 낮에도 밤이다. 그 애
는 그렇게 한 허물을 벗고 다른 곳에서 다시 시작하
고 싶어 한다. 사람들이 그 애 욕을 하면, 또 누군가
가 나서서 그 애의 허물을 감추어주겠지. 정말 싫다.

2부

소요유

1

겐지는 내게 죽음에 대한 농담을 한다.
그리고 뒤로 걷기 시작한다.
그가 뒤로 걷자 마른 낙엽들 사이에서
나비들이 날아올라 은행나무에 매달린다.
노란 잎새들은 연둣빛으로 변한다.
그러다가 나중엔 빛의 알갱이로 대기 중에 흩어
진다.

2

겐지는 검은색 폴라 티를 입고 있었다.
십 분쯤 뒤엔 잿빛 셔츠를 입고 있었고,
얼마 뒤엔 줄무늬가 있는 라운드 티 차림이 되었다.
그것이 같은 날의 모습이었던가.
겐지는 뒤로 걷고 있었고 점점 어려졌다.
사람들은 길을 가느라 눈치채지 못했다.
젠장, 옷 따위가 무슨 상관이람.

3

길 건너에서 겐지를 본 아이는 알이 된다.
그 알을 본 사람들은 생각을 시도한다.
아이는 벙어리인데
단지 그에게만 언어가 있다.
따라서 사람들의 생각은 시작되지 않는다.
짐짓 엄숙한 표정들이 되어본다. 곤鯤이다!?
바람이 흉흉해진다. 겐지는 왜 가려는 것일까.

4

겐지는 내게 낯선 존재가 되어간다.
코카콜라의 맛이 변해가는 것과 별로 다를 것도
없다.
나는 '없는 겐지'에게 한 번 웃어 보인다.
신령한 거북이 겐지를 등에 태우고
오백 년에 한 걸음씩 남쪽으로 간다.
그건 농담이지만
진지한 사람들은 내 눈을 볼 것이다.

5

그 친구의 목소리가 생각나지 않았다.

갑자기 그의 얼굴이 떠오르지 않아 막막해졌다.

나는 다시 배회했다.

어떤 해결을 바라는 것은 아니었다.

앙상한 가로수들의 춤 사이로 그냥 걸었다.

한 해의 마지막 비가 떨어졌다.

백하야선白河夜船

오늘 밤 나는
또 다른 나를 떠나보낸 것이다.
흰 눈은 후일담처럼 가라앉고 쌓여
고즈넉이 반짝거리는데,
또 다른 나는
은하철도 999호에 몸을 싣고
우주 저편 남십자성을 향해 떠난 것이다.

오늘 밤 또 다른 내가 가는 우주 저편에선
초록 올리브 숲이
마그네슘 불꽃처럼 이글거리고
사파이어 모래밭은
파도에 몸을 담근 채 노래할 것이다.
길 잃은 철새가 길을 물어올 것이고
빨간 스웨터가 잘 어울렸던 내 첫사랑도
정한 돌멩이를 찾고 있을 것이다.

어디선가 클라리넷 소리

온유하게 들리고
검은 바람이 옷깃을 스친다.
눈길은 달빛에 녹아 강이 되어 흐르고
나는 망각의 빈 배.

오늘 밤 나는
내 유년의 꿈들을 떠나보낸 것이다.
검은 돛을 올려라. 나는 빈 배.
호졸근한 내 둥근 어깨 너머로
999호는 유성처럼 멀어져가고
격려하듯 깨끗한 눈발 몇 개가
내 어깨를 두드린다.

안국동울음상점

나선형의 밤이 떨어지는 안국동 길모퉁이, 밤 푸른 모퉁이가 차원의 이음매를 풀어주면, 숨 쉬는 집들, 비칠대는 길을 지나 안국동울음상점에 가리.

고양이 군은 바닐라 향이 나는 눈물차를 끓이고 나는 내 울음의 고갈에 대해 이야기할 것이다. 진열장에 터키석처럼 놓여 있는 울음들을 바라보고 있노라면, 고양이 군은 '혼돈의 과일들'이니 '그믐밤의 취기'니 '진흙 속의 욥'이니 '거위 아리아'니 '뒤집힌 함지咸池'니 하는 울음의 이름들을 가르쳐주겠지.

나그네가 자신의 그림자에게 말하듯 내가 고양이 군에게 무언가 촉촉한 음악을 주문하면 〈이파네마에서 온 소녀〉가 바다 밑처럼 깔리리. 나는 내 안의 함지에서 울음을 길어다주는, 이 세상에서 내 울음을 혼자만 들어주는 소녀를 상상하며 그 아이가 아픈 것은 아닌지 어떤지 걱정을 하게 되리.

밤이 깊도록 나는 눈물차를 마시리. 내가 등신대의 눈물방울이 되는 철없는 망상에 빠져.

그러나 새벽이 오기 전에는 돌아가야 하리. 내일

의 일용할 울음을 걱정하며 내가 일어서려 하면, 고양이 군은 '엇갈리는 유성들과도 같은 사랑'을 짐짓 건넬지도 모르리. 손에 가만히 쥐고 있으면 론도 형식의 회상이 은은히 퍼지는.

　지갑은 텅 비었지만 울음을 손에 쥐고 고양이 군에게 뒷모습을 들키면서, 보석비가 내리는 차원의 문을 거슬러 감동 없는 거리로 돌아와야겠지. 비가 내린다면 맞아야 하리. 비의 벽 저편 어렴풋이 내 울음을 듣는 내 귀가 아닌 내 귀의 허상을 응시하면서, 비가 내린다면 역시 맞아야 하리.

천사

청록색 돌의 길 위로
장난기 많은 천사는 물 폭탄을 터뜨립니다.
그것은 11월의 수정우水晶雨가 되어서는
가로수 노란 상념 몇 잎에 가 맺히고,
그것은 또 카페 창유리에 가 이마를 대고
허브 향기 떠도는 실내를 구경하는 것입니다.

그리고 그것은 또 세상에서 울음이 가장 많은
실연한 여자의 방에도 내려서는
낡은 책상을 적시고 제비꽃 꽃잎 같은 편지들을
적시고,
소파에는 물웅덩이를 만들어 놓고
침대보를 축축하게 하고
여자의 울음 위로도 흘러내렸으므로,
슬픔은 씻겨가 치자색 실내등 얼비치는 물기로 남
는 것입니다.

"무슨 걱정이 있나요?"

테디 곰 인형의 눈은 말없이 뿌예지고…….

울음 여왕이 잠든 밤,
졸음에 겨운 천사는 여자의 방에 찾아와
울음 섞인 물기를 훔치고
훈의초薰衣草 향초에 불을 밝혔습니다.
천사는 여자의 잠옷에 향기로 어리다가
대형 전광판이 눈부시게 빛나는 야경 위를 날아
다니는
여자의 꿈에 나타나서는
여자에게 한 아름 유성 꽃다발을 안겨주었지요.
부드러운 날개를 지닌 천사는
훈의초 향기가 어린 하늘을 여자 곁에서 내내 날
아다녔습니다.
여자의 착한 새 애인이 되어서는.

꿈에 겐지가 내게 온다

1

꿈에 겐지가 내게 와서
밤마다 나는 이 시의 입구에서 서성인다.

2

창밖에선 빗소리가 들리고
겐지는 풀이 죽는다. 겐지는 콜라를 마신다.
누구라도 그를 한 번 보면 사랑하지 않을 수 없다.
나는 겐지를 사랑해서
겐지의 사랑 이야기를 듣는다.

3

비가 그쳤다. 나팔꽃이 보랏빛 눈물을 떨군다.
빈 콜라병엔 고요가 깃들이는 소리.
겐지가 두고 간 시계에선
열두 마리 매미들이 빠져나가서
지금은 한 마리도 남아 있지 않다. 한적하다.

4
구름 하늘이 이불을 고쳐 덮고 있다.
개구리 소리 지척에서 청아하다.
아래 뜰 검은 바위에서
내 죽음의 임박을 알리는 소리가 파문을 만든다.
누군가 방문을 연다. 누군가 방문을 닫는다.

5
꿈에 겐지가 내게 와서
그는 이제 사랑하는 사람을 만질 수 없다고 말한다.
아주 옛날부터 사랑했지만 만질 수 없게 되었다고.
달무리에서 향냄새가 인다. 겐지의 얼굴이 하얗다.
박꽃에 드리운 그림자가 간혹 움직인다.

6
나는 죽음의 무릎을 베고 누워
겐지의 사랑 이야기 속으로 들어간다.

날마다 일요일

나는 정글짐에 사는 아이. 이름은 없다.
아무도 이름으로 나를 부르지 않는다.
나는 성명서에 연명을 하지도 않고
재판을 받지도, 심판을 하지도 않는다.

월요일에 나는 뒤로 걷는 아이.
수요일엔 신나게 풍선껌을 씹고
토요일엔 동면冬眠.
아니, 그건 거짓말.
(거짓말이 나쁘다는 걸 깜빡깜빡한다.)

월요일에 나는 힘이 세다.
나는 삐삐 롱스타킹의 최측근.
월요일에는 뒤로 걷고
턱이 빠져라 풍선껌을 씹는다.

그러나 일요일에는
저무는 들판 저쪽의 보랏빛으로 타오르는 적막을

홀로 보는 것이다.

적막의 집이 무너지고
들판에 잠의 돌기들이 일어나면 나는,
속눈썹으로
두 눈꺼풀로
짐짓 세계의 어둠을 덮는다. 꿈의 스크린이 드리
운다.

적막의 폐자재 위 스크린에다가 나는,
아무 일도 일어나지 않고 예쁠 것도 없는
별들의 흔한 일상을 질리지도 않고 틀어준다.

군청群靑

집 앞에 세워둔 네 차가 견인되었을 때
미안하면서도 좋았다.
견인차량보관소가 있는 마장동까지 갔다가
네 차로 되돌아오던 한나절을 함께할 수 있어서.

청계천이 아직 콘크리트로 덮여 있을 때
고가도로 밑을 지나며
이대로 교외로 나가자고 너는 말했다.
나도 조금 더 너와 함께 있고 싶었지만.

무른 눈길을 나란히 걸으며
책임진다는 말의 온기에 기댄 날이 있었다.
저녁 공기의 군청색群靑色 실에 별 무늬를 넣어 뜬
옷을 입혀주고 싶었다.

너를 잡아두려고
네 휑한 목에 머플러도 둘러주었다.
동갑이라고 나이도 속여가면서

욕심을 부렸다.

청계천 물소리는
군청이라는 너의 색에는 이르지 못하고
서울 하늘 아래의 어느 옥상쯤에 가 투명하게 운다.
이래서는 제대로 살 수 없다고.
숨을 쉴 수 없다고.

이과수폭포 아래서

빨다 둔 계피맛 드롭스처럼
알싸하고 끈적끈적한 여름밤.
밤은 웃통을 벗어부치고 해변의 달을 떠올리며
땀으로 번들번들한 가슴을 만지작거린다.

마그네틱테이프는 쿠쿠루쿠쿠 지직지직,
물레 돌리듯 아까부터 줄곧
이과수폭포 떨어지는 소리를 돌리고 있다.
폭포 소리가 삼킨
친구의 목소릴 들어보려고
사내애는 손을 귀에 붙인다.
뜻밖의 전화벨 소리.
밤은 심드렁하게 잠깐 달빛에 젖은
창백한 얼굴을 돌리다 말고
맥주 한 캔을 쭉 들이켠다.

이과수폭포 하얀 포말이 가슴에 스민다.
수화기 저편에 대고

녀석은 묻지 않아도 될 말을 묻는다.

말을 하긴 한 거니? 폭포 소리밖엔 안 들려서…….

그런데 언젠가 다시 만날 수는 있는 거겠지?

마그네틱테이프가 모두 감겨 쿠쿠루쿠쿠

소리만 들리는 깊은 여름밤,

벽 위의 검은 그림자,

검은 새가 날아오른다.

새의 발톱이 차갑게 빛난다.

자벌레 나방처럼 비굴하게도 놉은

손 안테나를

가만히

귓바퀴에

덧댄다.

콜라병 기념비

슬픈 꿈을 꾸었다.

빈 콜라병이 욕조 바닥으로 가라앉고 있었다.
콜라병은 파리한 빛을 발하는
심해어처럼
푸른 숨을 내쉬며
어질병의 해저로 헤엄쳐갔다.

이런 생각을 했다.

빈 콜라병이 헤엄쳐간 곳은
두 번 다시는
가서 닿을 수 없는,
시간이 까맣게 질식한
두려운 곳이라고.

많은 날이 지나고…….

빈 콜라병이 욕조 바닥으로 가라앉고 있었다.
욕조 가득 빈 콜라병들이 잠겨 있었다.
한 이별을 기리려고
밤의 한없이 투명한 숨이
빈 병 안에 짙어가고 있었다.

간밤엔 슬픈 꿈을 꾸었다.

여태껏 마셔온 콜라보다도 더 많은 눈물이
방 한가운데
축축한 그림자로
주저앉아서는,

왈칵 울음을 쏟아내고 있었다.

모모타로桃太郎

늙은 어머니가 싸주신
수수경단 꾸러미 들고
도깨비 잡으러 간다.

세 마리 개를 만나
앞서거니 뒤서거니 간다.
컹컹,
사람의 말을 할 줄은 몰라도.

노래와 같은 길,
구름도 굽이굽이 잘도 간다.

한 마리는 가다가다
늙어서 죽고
한 마리는 병들어 주저앉고
또 한 마리는 눈이 멀어 섰다.

길은 끝나고

세계는 삼매三昧에라도 든 것처럼 꿈쩍하지 않는다.
다만 창가의 풍경 소리,
쩡하다.

나는 왜 왔나.
어쩌다 우리 부모님의 아들로 태어나
어쩌자고 객지에서 이렇게 적막한가.
이러려고 온 것은 아닐 텐데.

연금생활자와 그의 아들

아버지는 하급공무원이었다.

사람들은 비웃으면서도
공무원이 되려고 한다.
그것은 시시한 일이라고
나는 말할 수 있지만,

아버지는 그 시시한 일로 가족을 먹여 살리셨다.
실패의 관록을 차곡차곡 쌓아가면서
마지막엔 늙은 연금생활자가 되어
텔레비전 앞에 앉아 계셨다.

어떤 이해도 없이
어떤 이해도 없이

앉아 있을 때,
모든 것이 허사였다는 게 드러났는데도
아버지는 무엇을 보면서 저렇게 웃고 계실까.

마음은 자꾸 성을 낸다,
사실은 자신을 혐오하면서.

3부

권야倦夜

-차이밍량 감독의 영화 〈구멍〉(1998)에 부쳐

 거리에서 나는 구체관절인형처럼 우울하다. 거리에서 나는 전염병 환자처럼 우울하다. 거리에서 나는 바퀴벌레처럼 우울하다. 나는 벌레처럼 기어서 허름한 나만의 아파트로 돌아온다. 문을 잠그는 것을 잊지 않는다.

 푸른 비에 젖은 옷을 벗으면서 가스레인지 앞으로 간다. 재스민차가 끓는 소리를 듣는다. 따뜻한 소리다. 따뜻하고 노란 소리가 집 안에 퍼진다. 라디오에선 연일 전염병에 관한 이야기다.
 '정부는 쓰레기 수거를 중단했습니다.'
 '부득이 정부는 단수 조치를 내렸습니다.'
 '정부는 소개령疏開令을 내렸습니다.'
 '독감 증세를 보이다가 벌레처럼 변해 죽는다고……'

 벽지가 눅눅해진다. 누수가 시작된다. 배관공은 비싸게 군다. 나는 캔맥주를 들이켠다. 형광등이 깜

49

빨인다. 맥주 거품의 밤이다. 배관공 녀석은 비싸게 군다. 분노가 거품처럼 일어난다. 배관공에게 욕설을 퍼붓고 나는 문이 잠겼는지 확인한다.

텔레비전은 김치라면 조리법에 대해 설교한다. 어디선가 물통테가 터진다. 어디선가 지렁이들이 아스팔트를 뚫고 세상으로 나온다. 나는 대야를 머리에 이고 변기에 앉는다. 나는 방구석에 쭈그려 앉아 컵라면을 먹는다. 참치 통조림도 딴다. 캔맥주를 하나 더 들이켠다. 캔은 찌그러진다. 나는 약간 풀이 죽는다. 현관은 잠겨 있다. 발바닥이 새카매진 걸 발견한다.

이불에서는 냄새가 난다. 침대는 젖었지만 나는 침대로 기어든다. 뇌수를 쪼는 빗소리를 견디며 나는 뒤척인다. 콧물이 흐르고 기침이 나오지만 나는 참는다. 베란다 문 여는 소리가 들린다. 어렴풋이 등려군鄧麗君의 〈하일군재래何日君再來〉가 들려온다.

며칠째 같은 노래다. 옆집 여자는 뭐 하는 여자일까.

명왕성에서 온 이메일

안녕, 여기는 잊혀진 별 명왕성이야.
여기 하늘엔 내가 어릴 때 바닷가에서 주웠던
소라 껍데기가 떠 있어.
거기선 네가 좋아하는 슬픈 노래가
먹치마처럼 밤 푸른빛으로 너울대.
그리고 여기 하늘에선 누군가의 목소리가
날마다 너를 찾아와 안부를 물어.
있잖아, 잘 있어?
너를 기다린다고, 네가 그립다고,
누군가는 너를 다정하다고 하고
누군가는 네가 매정하다고 해.
날마다 하늘 해안 저편엔 콜라병에 담긴
너를 향한 음성 메일들이 밀려와.
여기 하늘엔 스크랩된 네 사진도 있는걸.
너는 낯선 사람들 사이에서 웃고 있어.
그런데 누가 넌지 모르겠어. 누가 너니?
있잖아, 잘 있어?
네가 쓰다 지운 메일들이

오로라를 타고 이곳 하늘을 지나가.

누군가 열없이 너에게 고백하던 날이 지나가.

너의 포옹이 지나가. 겁이 난다는 너의 말이 지나가.

너의 사진이 지나가.

너는 파티용 동물 모자를 쓰고 눈물을 씻고 있더라.

눈 밑이 검어져서는 야윈 그늘로 웃고 있더라.

네 웃음에 나는 부레를 잃은 인어처럼 숨 막혀.

이제 네가 누군지 알겠어. 있잖아, 잘 있어?

네가 쓰다 지운 울음 자국들이 오로라로 빛나는,

바보야, 여기는 잊혀진 별 명왕성이야.

군함 말리의 우주여행

　우주선은 명왕성 부근에서 워프를 했다. 생명의
물로 넘치는 행성 U-1999로 가기 위해 군함 말리는
3차원의 공간을 2차원으로 구겨버렸다. 하얀 날개
를 단 별들이 잔상殘像의 긴 허리로 따라왔다. 광선
보다 빠르게 달렸다.

　우주의 골목. 고양이 알베르토가 '펜로즈의 육면
체 삼각형'을 그려 보였다. 지도에 없는 별로 가는 길
이 나온 지도가 모니터 위에 나타났다.

　운석들의 항航. 크고 작은 운석들이 워프를 방해
했다. 운석들 사이에서 콘크리트로 된 붓다의 머리
를 보았다!

　전깃줄들을 따라 무수한 전파가 흐르는 하늘. 군
중들이 피곤한 직장을 가방 속에 넣고 집으로 흘러
간다. 후줄근한 항航이 쓰러져 일할 항港을 향해 가
는 진부한. 조밀한 정책들의 전차부대가 밀려가자 고

장 난 사람들의 주검이 둥둥 떠간다. 치적治積이 되어 흘러간다. 죽은 물이 고여서 썩는 곳으로 진부하게.

군함 말리는 찢어진 어깨를 거머쥐고 떠간다. 별들이 바이올렛 빛으로 타는 어느 성단星團의 꽃밭인가 보다. 고양이 알베르토는 이곳이 어디인지 알지 못한다. 생명의 물이 있는 별 U-1999는 어디인가. 조타실이 반파되었다. 우주의 미아가 될지도 모른다. 가늘고 긴 직선 위를 군함 말리는 가야 한다. 아름다운 곡예처럼. 자, 잠들기 전에 다시 항로를 점검해야 하리라.

피곤

장난감 가게 진열장에 얼굴을 박고
작은 계집아이 하나가 돼지코를 만듭니다.
납작코가 되었다가 이내
볼에 바람을 넣기도 합니다.
우주선 군함 말리가 멀리 하늘로 날아오르면서
고동 소리를 냅니다.
영원히 잊힌 멸망한 부족
태즈메이니아 유민流民의 사랑 노래 같습니다.
오르골의 기계음이 아름답게 흐르는 거리를
집으로 가는 고단한 전철이 가로지릅니다.

전철 역사 안으로 전철이 들어오는 소리,
기계적 음성의 안내 방송을 듣는지
소녀 하나가 멍하게 서 있습니다.
멀리 떠난 우주선은 돌아오지 않는데
별의 소리인 듯
귀를 기울이나 봅니다.
사람들이 엇갈리는 유성처럼

그 곁을 지나도
꽃처럼 서서 흔들리고만 있는.

어디선가 포신砲身 움직이는 소리,
소녀 하나가 연꽃 위에 서서 도는
오르골의 달빛 음악도 그친,
죽기에도 피곤한 밤입니다.

셔벗 랜드, 글쓰기의 영도

파인애플 셔벗 위를 나는 걷는다. 녹두색 하늘이
나지막한 숨소리를 낸다. 복사뼈를 진보라 들꽃이
스윽 만지고 지나간다. 겨울 구두를 일찍 꺼내 신은
바람이 하늘의 녹두색을 조금씩 녹여 먹는다. 손이
축축해서 손을 보니 손톱에 연두색 물이 들어 있다.
열이 나고 메스껍더니 머리에서 꽃이 열린다. 관절마
다 다른 꽃이 열리는 꽃나무가 된다. 햇빛이 얼굴을
매만져줄 때까지 시린 발의 꽃나무로 있어야 하는
데, 감빛이 도는 비가 온다. 하늘을 보니 머리를 감은
여자친구가 젖은 머리카락을 드리운 채 셔벗 랜드를
내려다보고 있다. 빗물을 뚝뚝 흘리면서.

꽃 지네, 꽃이 지네. 씨방에 액상의 꿈에 싸인 낯
선 남자가 웅크리고 있다. 셔벗 랜드는 곤죽이 되어
파인애플 냄새나 풍기고……. 날개가 넷, 다리가 여
섯인 눈먼 개가 와서는 떨어진 꽃의 향기를 맡는다.
셔벗은 입에도 대지 않는다. 하얀 이마에 손을 얹어
주니, 나를 본다. 눈도 없는데 온몸으로 나를 본다.

비로소,

이야기가 시작된다.

장마 기분

형광등이 한갓지게 불을 밝히고 있다.
간밤 엄청난 비난을 퍼붓던 장마는
젖은 발을 말리러 가고 없다.
물기를 싫어하는 허브 화분이
베란다에서 비를 쫄딱 맞은 채
구겨진 얼굴을 하고 있다.
벌거숭이 소년이
장마가 흥건한 구름옷을 벗어놓고
소파에 앓는 잠을 누인 아침.
따뜻한 라벤더차가 한 잔.
느리지 않은 아바네라가 한 곡.
모르는 박쥐우산이 빗물을 줄줄 흘리며
현관에 세워져 있다.
어항 속 고기의 눈에 어리는 것이 왈칵,
간밤의 장마는 어디로 갔을까.
소강상태가 길어지나.
우중충한 실내가
거울 안에 널려 있다. 잘 마르지 않는다.

장화를 신은 바람이 베란다 문을 두드린다.
벌거숭이가 없다. 어디로 갔나.
구름옷을 옷걸이에 걸어 거울 안에 넣어두고
늘 하던 눅눅한 푸념 한 번 없이 어디를 쏘다니나.

오후 두 시,
다시 소심하게 비가 온다.
푸른빛 알몸으로 부유하는
길고 긴 장마.

마음이 없는 잠

사내는 요사이 얼굴에 응접실 같은 구름을 몇 채 들이어놓더니, 유월에도 그중 햇볕이 좋은 어느 날엔 햇볕에 샤워를 하고 마당가에 서서는, 하필이면 여름풀 더미의 무성한 그늘에 눈길을 주고 있었습니다. 갈맷빛 풀 그늘을 멍멍한 눈길로 보다가는 몰래 풀 그늘을 얼굴에 들이어놓는 것이었습니다. 그러다가 배추흰나비라도 날아올라치면 그 날개의 부숭부숭한 그늘을 또 탐내는 것이었습니다.

밤마다 달의 뒤편의 검은 물통에서 어두움을 한 통 길어 지니더니, 새벽이슬 앉을 무렵에는 몰래 뒤란에 가서는, 청승맞은 풀벌레의 노랫가락에서 달빛을 털어내고 남은 가장 캄캄한 한 소절을 얼굴에 담아 가지는 것이었습니다.

세간들이 만드는 엷은 그늘에서도, 자동차 지나가는 소리의 어떤 소소한 그늘 비슷한 것에서도 사내는 그늘을 퍼서 가졌습니다. 어떤 흐린 날 오후에는 비 떨어지는 소리의 한적함에서 어두움의 머리카락을 골라내고 있다가는 미간과 눈 밑이 절로 검어졌습니다.

어두움의 대왕이 자리 걱정을 하게쯤 된 오늘 낮, 사내의 얼굴에 있는 광이 드디어 열리더니, 사내는 온갖 그늘의 곤죽이 되어서는 그대로 잠이 들었습니다. 그것은 '마음이 없는 잠'이라는 것이었습니다.

사내의 총애를 받는 고양이의 말로는 그 '마음이 없는 잠'의 무게라는 것이 삼만 근을 조금 넘는다지 뭡니까. 마음도 없는데 무엇이 그리 무거울까요. 아까 잠에서 깬 사내가 어깨를 축 늘어뜨리고는, 몸을 거의 질질 끄는 수준으로다가 물을 마시러 가는 것을 못 보았느냐고, 이것 역시 그 고양이 군의 말이긴 합니다만.

다시 시작할 수 있을까

어떤 섬섬옥수가 연분홍 색지로 봄꽃들을 접는
다. 얼굴이 붉은 노인이 큼지막한 가죽 부대를 짊어
지고 그 옆을 지나간다. 두툼한 부대 안에는 한없이
부드러운 봄날의 훈풍이 들어 있으리라.

쩡쩡, 흰한 굉음이 수만 송이 솔잎에 가 맴을 돌다
가 송홧가루 같은 먼지로 풀풀 떨어진다. 멀지 않은
곳에서 동색의 거인이 천 근 쇠망치로 봄날의 햇빛
을 벼리는 중이다.

망치 소리 사이로 어둠의 눈꺼풀을 열고 나온 발
레리노가 목신牧神 판으로 꾸미고 음탕한 춤을 춘다.
입술에 꽃가루를 잔뜩 묻힌 왕벌도 취해서 비틀거리
며 난다. 하긴 무뚝뚝하기로 정평이 난 대지도 수캐
처럼 끙끙대고 있으니,

설레는 대지, 그 위로 일꾼들이 분주한 걸음을 옮
긴다. 클레이메이션 풍風의 낮은 구름 곁으로 강남

제비의 꼬리가 스치는 찰나, 열리는 진달래꽃, 진달
래꽃 안에서 들리는 무한한 기억의 허밍, 열리는 꽃
옆에 선 아이, 얼굴을 다 꽃에게 주어버리고, 말갛게
하늘만 쳐다보고 선 청승맞은 아이.

누드 냉장고

　나른한 여름 오후 인기척은 없고 매끈하게 빠진 냉장고만이 속으로 웅얼웅얼하고 있었다. 그냥 냉장고가 아니라 월요일에 사들인 누드 냉장고가 코카콜라의 검은 살결을 보여주면서, KFC의 먹다 남긴 살점들도 보여주면서 '뭐라고 뭐라고' 귀신 씻나락 까먹는 소리를 하고 있었다.

　그때 돈짝만 한 태양은 누리끼리한 얼굴을 들이밀며 현관 앞에서 들어올까 말까 망설이는 중이었다. 어디서 들어왔는지 똥파리가 발동기 소리를 낸다 했더니 왕벌이었다. 부엌이 휑뎅그렁해서 식탁에 앉았더니, 냉장고의 말이 들렸다. '영원히 부패하지 않는 세계로⋯⋯.' 'DRINK ME⋯⋯.' 'EAT ME⋯⋯.' 냉장고 안에서 노오란 불빛이 새어나왔다. 인기척은 없고 들창 옆에 서 있던 장미꽃나무가 코가 석 자 반이나 빠져서는 거실 바닥에 우두커니 앉아 있었다. 집 나간 가족 중 하나가 아닐까 하여 말을 붙여볼까 하다가 내버려두었다.

이제는 그만 만사 작파하고 썩지 않는 꿈이나 꾸어보기로 하고 냉장고를 열고 들어가 앉아 있는데, 누군가 냉장고 문을 쾅 닫아버렸다. 구멍 난 양말을 신은 신神이었다. 내가 작년에 버린 '가수 엄정화가 그려진 반팔 티셔츠'를 입고 있었다. 어느 틈에 가슴엔 내 '선댄스 영화제 기념 배지'를 달고 있었다.

냉장고 안은 매끄러운 시간들이 알맞게 굳어 있었다. 인기척은 없었다. "청년 실업이 70만 명을 넘어섰습니다." 어디선가 텔레비전 뉴스쇼 소리가 들려왔다. 할 수 없이 나는 매끄러운 시간을 발로 팡팡 차면서 비상구를 찾아 떠나는 긴 여행길에 나섰다. 세 걸음 가고 한 번씩은 엎어지는 고난의 퍼레이드였다. 냉장고는 안에서 열 수 없는데 인기척이 없었다.

셔벗 랜드, 기억의 오작동

하늘에 어머니의 꽃무늬 스란치마가 걸려 있다. 스란치마에서 꽃잎이 나풀나풀 떨어진다. 나는 떨어진 씨방에서 태어난 아이. 아니, 안구건조증의 안구 속에서 나는 몸을 뒤틀며 깨어난다. 온종일 셔벗을 입에 달고 살며, 이윽고 나는 가슴앓이를 한다. 요컨대 벙어리 냉가슴이 된다.

해변엔 주사기 모양의 다랑어가 나타난다. 어머니가 나를 업고 달리는 날이 온다. 바람이 진보랏빛으로 타는 셔벗 랜드의 마의 산을 어머니의 구부러진 귀밑머리가 휘감고 달린다.

안구건조증의 안구 속에서 나는 양수도 없이 태어난 아이. 어디선가 창포 냄새가 나고. 빈방에서 나는 어머니의 스란치마를 입어본다. 입술에 꽃가루를 바른 모란 한 송이가 마루에 걸터앉아 이편을 보고 있다. 퇴폐적이지만 고혹적인 눈길로, 물끄러미. 거울 속 소년의 창포로 감은 머리, 감아서 참빗으로 빗은 머리는 참 천연덕스럽기도.

천천히, 아주 천천히 제비나비 한 마리가 방 안을
난다. 대문 앞 그늘이 몰래 기어오는 게 보인다.

그날 어머니가 달려간 곳은 역시 외가 쪽이었을까.

셔벗 랜드, 흔적도 없이 사라져버릴

그 아이가 걷는지 내가 걷는지 이미 알 수 없었다. 곤죽이 되어버린 마의 산을 아이가 먼저 넘었고 내가 들키지 않고 그 뒤를 따라 넘었다. 아이의 옆얼굴이 달빛에 젖었다. 우리는 길을 끊고 퍼질러 앉아 우는 바위들의 잔등을 수도 없이 밟고 넘었다. 아마도 머언 친척뻘은 되는 나무들이 수척한 손을 뻗어 종종 아이의 얼굴에 상처를 냈다. 퇴색한 낙엽들이 비스듬히 노래 쪽으로 몸을 기울여가는 11월, 아이는 달의 도끼로 다듬은 바람처럼 걸었다. 얼굴에 난 상처에도 아랑곳없이. 바위를 만나면 바위를 넘고, 개울을 만나면 개울을 넘고, 그림자를 벗고 제일 먼저 발을 벗고 다리를 벗고 팔과 가슴을 벗고 울음으로 달렸다. 울음이 셔벗의 계곡 속으로 서서히 잦아들자 아이가 사라졌다. 하늘의 희고 깊은 구멍에서 슬픈 피리의 소리가 흘러나와 계곡을 채웠다.

*

아버지가 고향을 잃고 한참 뒤에 어머니가 고향을

잃은 세상에서 나는 깨어난다. 버스비를 아끼느라 바지 속의 토큰을 만지작거리며 세 정거장이나 걸어왔다는 삼동三冬 어느 날 아버지의 추운 이야기가 잘 아물지 않는다. 지갑 속에 명함이 늘어가고 시계 속의 숫자들이 허물을 벗어놓고 날아간다. 이립而立. 아버지가 되지는 못하리라.

*

그 아이가 너럭바위 위에 서서 노래하고 있었을 때, 그곳이 셔벗 랜드였는지 아닌지 이미 알 수 없었다. 아이를 잃고 헤맨 하늘 정원에 수묵이 만 근. 그 아이가 수묵빛 실루엣으로 우뚝 서서 별을 보고 있었다. 산이 우리를 에워싸고 동심원을 그리며 떨고 있었다. 별이 내려와 앉은 개울도, 검은 눈을 뜨고 방금 다시 태어난 길들도 잠시 숨을 멈추었다. 그곳은 대체 어디였을까.

젖은 손

비가 내립니다.
거지 아이의 거적때기 집에도 내립니다.
거적때기 집이어서 방 안에도 비가 내립니다.
이 나간 그릇과 찌그러진 냄비 위에도 내립니다.

처음에 물받이 기명들은 이가 시리다고 울다가
빗방울과 함께 울다가
고인 물에 빗물이 합치는 울림으로 울다가
발장단을 맞추고 있었습니다, 거지 아이가.

더럽고 앳된 손등이
비를 만나고 있었습니다.
고양이 세수도 하면서
만나고 가는 비와는 제법 지껄이면서.

4부

흡혈귀의 책

새롭게 세워지는 것이라곤 없는 황야.
아니 황야도 무너진다. 잉크빛 일몰.
서편에서 퍼덕거리며 날아오는 박쥐 소리.
어디까지 했던가? 그래, 황야도 무너지고
밤이 온갖 사악한 것들과 함께 도래한다.
귀는 예민해지고 세 번째 눈이 이마에서 깨어난다.
그리고 진정 우리는 방 안에 있다.
책과 함께. 책은 나다. 당신은 나를 읽는다.
루비와 사파이어 박힌 장정, 인피로 만든 책장,
갖가지 독으로 쓰인 흡혈귀의 역사,
인류의 모든 전쟁, 살인, 사랑과 배반,
죽은 자들의 행진과 산 자들의 무도회,
책이 책을 말한다. 당신이 나를 비추고
내가 당신을 비추는 곳. 우리는 함께 있다.
방 안에. 당신도 내 존재를 느낀다.
활자의 망토 뒤에 숨은 시신屍身/詩神을.
당신은 나를 읽으면서 수척해진다.
손가락은 검게 썩어가며 눈과 혀에도

독이 번진다. 식은땀이 흐른다.

담쟁이넝쿨이 유리창을 두드리는 소리에도 불안해
진다.

그렇다. 불안! 나는 당신과 함께 있다.

이 초현실적인 방. 황야도 무너진 자리에서.

1페이지에서도 2페이지에서도 그다음 페이지에서도

나는 당신과 함께 있다.

당신이 환상으로 이 방을 채우고 있는 동안

나는 박쥐로 변해 당신에게로 갈 것이다.

쥐 떼로, 독거미 떼로. 나는 조밀한 재난이다.

완벽한 푸른 늑대 한 마리이며 분산하는 수만 개의

단어들이다. 잉크와 독, 당신의 환상으로 피와 살을
얻은

나는 죽었으나 영원히 죽지 않는다.

오늘 밤 당신은 당신을 죽여야 할 것이다.

나는 그 지난한 죽음에 송곳니를 가져갈 것이다.

낙엽 쓸리는 소리, 늑대의 길게 목을 빼는 울음.

들리는가? 당신의 감각은 예민해져 있다.

들리는가? 우리는 함께 있다.

TV 채널들 사이를 떠도는 노래

해일이 와. 해일이 오지 않아.
파도가 아이를 삼켜. 갯벌에서 아이는 게를 찾아.
데스 베이더는 벽을 등지고 서 있어.
그는 나에게 화가 났어. 채널을 돌려.
나는 하루 종일
2번 채널부터 45번 채널 사이에 존재해.
4번 채널에서는 해일이 와. 7번에서는 베이더가 와.
친구 X는 내게 웨이터라도 되는 게 어떠냐고 해.
미스 K는 호객이라면 잘 할 거라고 웃어.
알아, 그녀는 좋은 여자야.
나도 직장이 있다면 좋겠다고 생각해.
모차르트에게 살리에리가 와.
검은 가면을 쓰고. 데스 베이더 같아.
아이가 해바라기를 들고 해일 위를 걸어가.
아이의 어머니는 말해. 내가 나쁜 년이다, 해.
아이에겐 이상한 능력이 있어서 사람들이 싫어해.
채널을 돌려. 오우삼 영화에서 킬러들이
발레리나처럼 움직여. 느리게.

느린 불릿bullet. 느린 발레ballet. 느린 시.
정지가 찾아와. 반전反轉시킬 시간이야. 탕!
좋은 사람이 죽어. 죽은 사람은 구더기 집이 돼.
나도 그렇게 되겠지. 구더기는 내 시詩야.
아까 그 아이가 보이지 않아.
사람들은 내 시에 삶의 냄새가 없대.
삶이란 어디에나 있어.
나에게도 물 마시는 시간은 있어.
내게도 장점은 있어. 가령
나는 때 묻은 양말 두 짝으로
토끼를 만들 줄 알아.
이런 말을 하면 베이더가 싫어하지.
데스 베이더는 슬픈 표정을 짓고
나는 늘 고통 속에서 시를 써.
사람들은 마음대로 삶을 규정해.
그런 삶을 살아보지 않은 내가
그런 삶의 시를 쓴다면 위선이야.
사람들은 내게 위선을 바라.

나도 고집이 있어. 채널을 돌려.

이승엽이 홈런을 쳤어.

야구공은 사랑이 되어 장외로 날아가.

떠나간 사랑은 돌아오지 않아. 채널을 돌려.

대통령이 아프대. 웃지 마.

그의 웃는 얼굴을 보면 재수가 좋아.

어머니는 때때로 채널을 돌려.

갱년기의 어머니는 드라마를 보면서 내게 얘기해.

너도 답답하지, 하고.

수영이라도 다니세요, 해.

늙었는걸, 하고는,

시를 쓰지 않았다면 어떻게 됐겠니?, 해.

드라마 속의 여자는 잃었던 딸을 찾아.

나는 거울을 보기가 무서워.

거울 속에서 나는 해변을 걸어.

등대 저편에서 해일이 침묵하며 다가와.

나는 채널을 돌려. 나는 무사해.

아이는 해일을 꽁무니에 달고 다녀.

나는 잠을 청해.

채널과 채널 사이를 떠돌면서

나는 조각난 삶을 거듭 살아.

해일은 오지 않아. 해일이 와.

애국가와 대한민국이 와.

밤과 데스 베이더가 와. 꿈은 없어.

내가 꿈이야. 나는 텔레비전 속으로 잠들어.

외롭고 조용해. 나는 잠들어.

잠들어 나는.

용문객잔

국경의 남쪽, 사막의 한가운데 용문객잔이 있다고
사막 바깥의 사람들은 말합니다-

사막의 대상隊商들이 지친 몸을 쉬어 가는 곳,
용문객잔에서 나는 당신과 함께 있었습니다.
방랑자들이 모래폭풍을 피해 들어와
해진 감발을 푸는 곳,
용문객잔에서 나는 당신과 함께 있었습니다.
양고기와 만두와 모주, 도망자들의 왁자지껄,
상인들의 흥청망청, 짐꾼들의 꿈이 잦아드는 곳,
용문객잔에서 나는 당신과 함께 있었습니다.

네가 생각하는 것이 진짜 용문객잔일까?
그것이 존재하기는 했을까?
대사막에 바람이 일고
달과 나는 당신 이야기를 듣고 있었지요.
용문객잔에서 나는 당신과 함께 있었습니다.

사막의 밤은 유난히 깊고 춥고 허전합니다.
사구 저편 어딘가에 별똥별이 떨어졌다고
어린 왕자는 비행기 조종사를 만날 것이고
모르페우스의 유사流砂 주머니 속에서
장미의 꿈을 꿀 것이라고
자칼의 긴 울부짖음이 알려 주었습니다.
거기서 자칼은 무엇을 하고 있었을까요?

바람이 불고 동편으로부터 미명이 번지고 있었습
니다.
대상들은 낙타를 타고 떠났습니다. 그리고
용문객잔이 황금빛 침묵 위로 투명하게 세워졌습
니다.
냄새도 없고 소리도 없으며 그림자도 없이,
거기서 나는 당신과 함께 있었습니다.

메종 드 히미코*

가나가와神奈川 오우라大浦 해변에 있는
히미코의 집은 하얀색 양관.

문을 닫고 가만히 귀를 기울이면
마음의 소리를 듣게 되는 곳.
당장은 아니어도 차차,
당장은 아니어도 차차…….

그 집의 널찍한 흰 벽에는
속엣말을 큼지막하게 써놓아도 좋대.
절대로 잡혀가지 않는대.

아야쓰지 유키토綾辻行人의 소설에나 나올 것 같은
히미코의 집은 하얀색 양관.

소녀만화의 은밀한 팬인 소년들이
마음에 오우라 해변의 일광을 쏘이며
해바라기로 늙어가는 곳.

얼굴은 검게

마음은 더 검게.

* 이누도 잇신夫童一心의 2005년 영화.

까마귀

내 꼴사나운 그림자 안엔 늘
까마귀가 있어서 나를 비웃는다.
그의 음침하고 오싹한 웃음소리에
나는 귀를 틀어막고 머리를 흔들곤 한다.
그럴 때면 나는 빙 크로스비가 부르는 노래 속의
'눈 덮인 버몬트'로 떠나는 공상에 빠진다.

까마귀는 내 소파와 책상, 냉장고와 침대를 실례
한다.
그의 검은 부리와 발톱에 컵과 안경이 깨진다.
사기砂器로 된 중국인형의 파편이
어지럽게 뒹구는 밤,
나도 부서지기 쉬워진다.

나는 고층 빌딩에서 떨어지는 꿈을 꾼다.
뒤에선 까마귀의 웃음소리가
찢어진 낙하산처럼 퍼덕인다.
나는 추락해 보도블록 위에 산산조각으로 널브러

진다.
　　누군가의 구두가 내 파편을 가루로 만들면
　　까마귀는 배꼽을 잡고 웃어댄다.

　　밤에 까마귀는 내게 검은 깃털을 건넨다.
　　그리고 까마귀는 웃으러 간다.
　　"이봐, 자네의 닭고기 햄을 실례해야겠네."
　　나는 나의 검은 죽음을 손에 쥐고 창밖을 본다.
　　바깥엔 세상에서 가장 차가운 침묵이 내린다.
　　가로등이 가늘게 슬퍼하며 서 있고
　　거리의 행인들은 어디론가 서둘러 가버린다.
　　누군가 눈 덮인 버몬트로 떠나는 이도 있으리라.

　　유리창 위로 깃털 날리는
　　나의 죽음이 비친다.
　　죽음에 조그맣게 금이 가 있다.

안토니오 카를로스 조빔

소년은 당신을 찾아 브라질로 떠납니다.
당신 노래의 '코르코바도'를 찾아
리우데자네이루까지 날아갑니다.
당신은 우주여행의 먼 길을 떠나 안 계시고
있잖아, 당신 피아노의 선율은
이름 모를 들꽃의 홀씨가 되어 여전히 둥둥
하늘을 날고 있었습니다.
들꽃의 진액이 하늘의 끝을 연보라로 물들인
코르코바도는 보잘것없는 바위산,
밤이 되면 별들이 내려와 흥얼흥얼
보사노바를 부르곤 했습니다.
모르는 사람들끼리 인사 없이도
그 곁에 와서 보사노바를 흥얼거리다가
그대로 쓰러져 잠이 들었습니다.
소년이 〈코르코바도〉를 부르자
코르코바도의 밤하늘처럼
깊은 눈을 지닌 소녀가 소년에게
들꽃을 꺾어다 건넸습니다.

그때 반짝였던 하늘의 별,
당신이 보낸 것일까요,
별나라의 윙크는.

블로그
-속·마음은 그래픽

그는 화폐를 은화로 바꾸고 은화를 굴리고 굴려 세계를 구축한다. 마음의 입술이 웹 페이지에 돋아나고 옮겨다 심은 혀가 개화開花한다.

쓸쓸한 사람들이 그들의 지구로부터 돌아와 검은 우물 속을 들여다보자 마음의 입술이 웹 페이지에 돋아나고 창문 너머로 가릉빈가는 또 운다.

쓸쓸하지만,

은화가 구르고 굴러 된 세계는 지구가 허락하는 한의 세계. 관광용 팸플릿에도 나와 있는 미로迷路에서 아이는 오늘도 집에 가기 싫고.

*

그가 우물을 들여다보는 것이 아니라 우물 안의 세계가 대롱 끝의 마음을 응시한다. 그때 지구는 사상 초유의 견고한 정적에 놓이고, 그림자 마음이 마음의 본체를 집어삼킨다.

  지구가 비록 햇발 아래서 젖은 발을 말리고 있더
라도, 이마 위에 언제나 비구름을 이고 살아야 하는,
어떤 만화영화에도 출연한 인디언 추장처럼

  어쩌면 이것을 대놓고 쓸쓸하다 할 수 있을
지……

  마음은 무너지고 가릉빈가는 거짓말의 하늘을 날
고, 거짓말은 혹부리 영감님의 혹처럼 숨길 수 없이,

  쓸쓸한 것을 대놓고 들키지만.

용문객잔의 노래

그의 웃음 그의 웃음 그의 웃음……
그의 웃음 그의 웃음 그의 웃음……

대사막에 모래바람이 인다.
천지간에 주사선이 달리고,
꿈결인 양 사구가 꿈틀댄다.
모래가 흩어지고 모래가 다시 덮인다.
허정거리는 언어의 그림자가 모습을 드러낸다.

나를 사막으로 부른 존재,
날 기다리는 존재에 대해 알고 있다.
용문객잔에서 우린 사막처럼 술을 탐했고
떠도는 바람 소리에 각자의 운명을 점쳤다.
나는 떠났고 네 기다리는 일이 시작되었다.

혼돈의 웃음 사이로 객잔이 세워진다.
빛바랜 휘장, 풍향계, 메마른 판자와 빛의 객잔.
그곳의 주인을 알고 있다.

용문 그 자체인 여자, 용문객잔
그 자체인 여자, 암종처럼 까맣게 탄
여자, 아비에게 버림받은 여자, 사막이
젖어미인 여자, 사막의 모래인 여자,
기원의 어둠과 망각의 어둠 사이에서
술을 파는 여자, 술을 사막처럼 마셔대는
여자, 사막의 달처럼 시린 눈을 하고서
바람에 물든 피리를 불었던 여자.
잔인한 그녀가 홀로 나를 기다린다.
삐걱이는 계단, 빛이 스민 낭하,
먼지 쌓인 탁자와 빈 술병.
용문객잔에서, 저 대륙의 바람 너머에서.
난 그녀를 안다. 그녀가 나란 사실도 알고 있다.
그녀가 날 부르고 있다.

나는 나에게로 가는 치유의 언어이다.
대사막에는 지금 모래폭풍이 어지럽다.

변성기

　그것은 다시는 미성으로 노래할 수 없다는 것. 유
년의 아름다운 기억이 그 빛깔과 향기를 잃기 전에
먼저 소리를 잃는다는 것. 목 안에 득시글득시글했
던 개미들이 부끄러워 과묵해져야 했던 어느 봄날의
빛 부스러기들이여.
　깃털 구름을 매단 하늘은 가없는 날개를 펴고, 쪽
빛 제비들이 그리는 부드러운 폐곡선, 대지는 봄의
몸을 하느라 아지랑이들을 올리고 있는데,

　그 묵언의 계절을 어떻게 견뎠을까. 그때 누군가
다정하게 내 이름을 불러주었다면, 다시는 미성으로
노래할 수 없어도 좋았을 것이다.
　깃털 구름을 매단 하늘은 가없는 날개를 펴고, 하
늘과 땅 사이엔 바람의 프리즘, 대지는 봄의 몸을 하
느라 아지랑이들을 올리고 있는데,

　아무도 없는 빈방을 기던 빛 부스러기들이여. 두
번 다시 미성의 노래는 없겠구나. 입을 열 때마다

개미를 토하며 사위는 헛된 노래의 불씨만이 길이

겠구나.

5부

용천역 부근

　용천역사가 있던 자리, 포클레인이 한 대 멍하니
서 있었다. 그 옆으로 구호품 실은 트럭이 먼지를 일
으키며 터덜터덜 지났다. 먼지를 뒤집어쓴, 얼굴이
뭉개진 소년이 다가왔다. 소매를 걷어붙이며 버쩍 마
른 팔을 보여주었다. 마른 팔을 내보이며 자기는 곧
죽을 아이라고 말했다. 부모님도 안 계신데 어린 동
생들은 굶으리라고, 일그러진 얼굴이 이내 질척해졌
다. 가는 다리로 빛나는 울음을 받치고 있었다. 구름
의 프리즘이 소년의 더러워진 운동화를 내려다보고
있었다. 무지개 몇 방울이 도글도글 떨어져 굴렀다.

몬스터 몽타주

독가스의 뿌연 전주곡. 홀린 승객들.
불개의 추격. 입을 다문 문.
비디오테이프 안의 산 자와 죽은 자들.
불붙은 성냥을 던지는 손.
러시아워의 얼굴 없는 사람들.
불붙는 성냥에서 태어난 개.
5센티미터의 분노. 골편들.
기관사의 열쇠를 쥔 손.
폐소공포증. 전자레인지.
가짜 다큐멘터리 영화. 부글부글 끓는 피.
성냥을 던지는 손. 지하세계로 녹아드는 비상구.
때가 낀 손톱. 망가진 전자레인지.
보이지 않는 지옥철. 안의 신음소리.
끊어진 손가락을 찾는 끊어진
손가락을 찾는 끊어진.
다음 내리실 문은. 끊어진. 불개의 아가리.
지하철. 안전수칙의 문자 이미지들.
분노에 떨다가 턱이 달아난.

부스러기들의 신음을 본.
오열. 허물어지는.
얼굴을 감싼
손. 어디선가

지하철 계단을 올라오는 구두 소리
살점이 눌어붙은 머리카락이 다 타버린
우리를 불편하게 하는 얼굴을
감싼 손! 보고 싶어 하지 않는.
금속음 부스러기-"You wanna
Push me down the running train. It's im-
Possible!" 일그러진 무거운 비트의.
발걸음, 절멸의 천사!

박치기*

재덕의 관이 들려온다.
재덕의 관이 들려온다.
관이 집으로 들어가려는데
문이 좁아서 들어가지 못한다.
재덕의 친구들이 문짝을 부순다.
재덕의 관이 들어온다.
재일在日의 울음이 검은 폭죽을 터뜨린다.

집이 설움을 참지 못하고
터뜨리는 오열嗚咽의 폭죽.

김씨의 나라에도
박씨의 나라에도 갈 수 없어
다리 하나 건너
까마귀들끼리
적국에 부락을 지어 살았던 재일在日.

다 분단의 탓인지 모르지만

애써 지은 집의 문짝이 부서질 때
다 분단의 탓이라고 간단히 얘기해버리기엔
실례가 될 것 같은
그 무언가가

오함마 같은 것으로,
오함마 같은 것으로
가슴을 친다.

* 이즈쓰 가즈유키井筒和幸의 2004년 영화.

얼굴이라는 기계

파괴된 영혼이 대낮을 활보한다면,
필시 거대한 얼굴 모양을 하고 있으리라.

*

하얀 초超평면이 검은 구멍 속으로 끝없이 빨려들
어 간다.

*

가해자들은
얼굴이
검은 구멍으로 변하고 있음을
깨닫지 못했다.

샤워기에서 물이 쏟아지면
수챗구멍으로 흘러가듯이
피부 아래의 분노를

구멍으로,
단지 구멍으로
흘려보냈을 뿐이었는데,

그 아이가 자살했다.
구멍이 자살했다.

세계의 모든 시선들이
이번에는
가해자들에게로
일종의 물을 흘려보낼 차례였다.

구멍이 자꾸 옮아가고 있었다.
모든 물이 구멍 속으로 빨려들어 가겠지만,
얼굴이 끝나지 않는다는 걸
얼굴들은 안다.

*

유서에는 어떤 절규하는 얼굴이 그려져 있었다.
절규하는 얼굴은 오직
한 단어의 연쇄로 이루어져 있었는데,
그 단어의 미로를 자세히 들여다보고 있으면,
얼굴 모양의 기계들이 헤매는 거리가 보였다.

"살려줘!"
그것은 기계음처럼
대낮의 거리에 울려 퍼졌다.

오래된 미래

1. Metropolitan Game Center

악보를 넘겨주는 손이 악보를 한 장 넘기자
방독면을 쓴, 넥타이를 맨, 검은 구두를 신은,
일군의 남자들의 퍼레이드가 거리를 메운다.
두 대의 피아노가 번갈아 가면서
계단을 오르내리고 횡단보도를 가로지르며
빛 속으로 도약한다.
일군의 남자들이 피아노 탄음에 맞춰 일제히
뛰어오른다. 휘발성의 공격 아이템들이,
이를테면 마법사의 돌, 불의 화살과 물의 검,
흑마술과 적마술 아이템들이,
두둥실 떠다니는 가로수 위, 가로등 옆,
찻집 2층 테라스로, 목숨을 걸고
뛰어오른다. 아이템을 잡을 때마다
클라리넷이 능청맞게 저음부를 반복하고,
도로 위로 붉은 차와 푸른 차의 레이싱.
일군의 남자들이 일제히 뛰어오르면,

구두들이 짝, 소리를 내면, 프레스센터 지하에선
닌자 새도shadow와 철남鐵男이 피 흘리는
현대적 대화에 빠져든다.
어디선가 슬롯머신이 터지고, 돈 떨어지는 소리,
사내1, 신경증적 기성의 환호를 내지른다.
슬롯머신이 사내1의 목에 플러그를 꽂은 채
게임에 열중할 때, 인간을 '할' 때,
악보 넘겨지고(템포 디 하드 록),
구두들이 짝, 소리를 내고,
닌자 새도 피를 뿜으며 쓰러지고,
돈 떨어지는 소리, 뇌수 쏟아지는 소리,
범퍼가 찌그러진 카트, 짝짝,
클라리넷이 버성긴 음으로 도약하고,
피아노는 연탄聯彈, 사내1이 슬롯머신을 당기고,
슬롯머신이 사내1을 당기는 탱고,
서로의 가랑이 사이를 파고드는 메트로폴리탄 탱고,
피아노 연탄에서는 연탄가스가 피어오르고
피아노가 연탄불에 검게 타도,

방독면을 쓴 자본주의의 탱고는 찬찬.

2. 부겐빌레아, 쓰리 아미고스

하늘에 부겐빌레아의 거대한 화판花瓣이 떠올랐다.
꽃잎이 태양을 가려 바이올렛 빛으로 탔다.
부겐빌레아는 석 달 동안이나 이글이글 피어올랐고
피안이 밤의 이면과 함께 거리에 내려앉았을 때
성마른 비명과 신음이 견고한 대기를 가르곤 했다.
견갑골이 하늘을 향해 치솟은, 어둠에 익은
충혈된 눈을 지닌, 시체에 맛을 들인
새로운 인류가 폐허의 도시를 기어 다녔다.
가로등이 간혹 불꽃을 일으키며 명멸했고
좀비가 된, 볼이 다 떨어져나간 남자가
바bar '엑시드 블룸'의 주크박스 앞에서
〈쓰리 아미고스Three Amigos〉를 듣고 있었다.
바이올린이 우울한 음성으로
무언가 과거를 향해 뇌까리자

또 한 바이올린이 지저분한 거리를 가리키며
항의했다. 다른 한 바이올린이 소리를 질렀을 때
그것은 미래를 향한 외침처럼 들렸다. 거리 한구석,
여자가 시체의 발에서 하얀 별이 그려진
초록색 운동화를 다 벗겨낼 때까지도
바이올린들의 토론은 이어졌다.
누기 찬 벼락과 번개가 뒤엉킨, 끄느름한 하늘이
걸린
폐허의 마천루에서 소년이 소녀를 끌어안고
춤을 추었을 때도, 미래에 뿌려질 씨앗들 위로,
멈추지 않는 마음의 진지한 토론이 사위지는 않
았다.
도로의 차들은 멈추었지만
말벌들처럼 폭주하던 전투기조차 가뭇없이 사라
졌지만
소녀가 소년을 안고, 혹은 소년이 소녀를 안고
미래로의 스텝을 밟고 있었다.

3. 거위를 쫓는 모험, 오래된

고대古代의 새벽과도 같은 투명한 가성이
지하철 터널 속으로 사라지자
노란 눈을 희번덕거리며 도착한 지하철
문이 열리고, 하얀 날개를 편 거위,
거위 엉덩이에 손이 덜컥 붙어버린 구체관절인형,
인형 허리춤에 손이 붙어버린 바비, 그 뒤에
헝겊 인형, 못난이 삼형제, 꼭두각시,
모두들 앞 인형 허리춤에 손이 덜컥 붙어버린,
외롭고 피곤해 뵈는, 인형들의
한바탕 유희가 튀어나온다.
고대류에 부는 바람처럼 피아노 탄음
새가 되어 날고, 지상으로, 지상으로
거위 꽁무니를 바투 쫓는 모험의 군무.
첫 비행에 나선 익룡의 활강처럼
미끄러지는 플루트 연주에 맞춰
거위 트레인은 질주. 위정자들은

새로운 부동산 안정 대책을,
새로운 도청 사건을, 새로운 정경유착을,
새로운 역사청산을, 새로운 단죄를,
농민들이 쓰러져 생긴 확장된 시장을,
새로운 테러 사건을, 새로운 민족주의를,
어쩌면 국면 전환용의 '새로운' 공룡뼈를
아니, 꿱꿱 소리를 내는 거위들을
남루한 일상을 향해 던지고,
고대의 새벽과도 같은 투명한 가성이
태양 속으로 휘발하는 오늘,
저마다 외롭고 피곤에 찌든 인형들
손을 떼기엔 너무 늦은 인형들이
거위 꽁무니를 쫓는 위대한 군무를 춘다.
이것이 오늘의 일용할 진실이라는 듯
진실이 아닐 리가 없다는 듯
거위 엉덩이를 붙들고
마지막 표정 관리에 안간힘을 쓰면서
거위 트레인 내처

탭, 탭, 탭 댄스.

해바라기 수트라

제1장
월요일, 나는 늘 해바라기 안에 있다.
검은 선글라스를 쓰고 장님처럼
이 길만이 살길이라는 듯 뱅글뱅글 돌다가
지쳐 털썩 주저앉아 온종일 해만 보니……, 덥다.

제2장
월요일, 나에겐 월요일이 아주 많다.
아직도 많이 남아 있으리라.
따뜻한 해바라기 안으로
해의 엄지발가락이 들어왔다. 돈오頓悟는 둥글까?
나는 조금 졸았나 보다, 웅크린 태아처럼.

제3장
밤의 궁리: 황금빛 해바라기 안을 돌면서
내가 사는 곳은 전적으로 둥글다는 것을 알았다.
둥근 의자에 앉아 둥근 밥을 먹고,
과장도 둥글고 부장도, 위정자의 배도 둥글고,

114

때로 미스 리도 좀 둥글게 살라고 그랬다.

도덕경道德經에도 그렇게 써 있다나.

달도, 지구도, 황금도 '사실은' 둥글다고

지학 선생님이 그랬던가.

삽입장

사자 아이콘의 해가 황금 사륜마차를 타고 입장

하시네.

앞바퀴는 칠진법, 뒷바퀴는 십이진법으로 굴러가

나니.

칠진법도 십이진법도 모두 둥그니라.

해바라기여, 태양의 발걸음을 헤아리려느냐, 모두

둥글다.

제4장

월요일, 나에겐 월요일이 아주 많다.

월요일이 월요일을 그만 좀 낳았으면 좋겠다.

월요일엔 해바라기를 한 바퀴 돌고

월요일의 알고리즘을 끝낼 궁리도 좀 하고
해나 보면서 보낸다.

마술사와 눈

-노숙자의 꿈

검은 램프, 어어 아니,
검은 화수분 앞에서
마술사는 울그락불그락한 얼굴에
땀 한 방울 흘리지 않고서
온갖 주문을 외워댑니다.
검은 드럼통에서는
밥, 산해진미, 은금보화, 미녀,
꽃, 하얀 토끼, 비둘기,
뭐 이런 건 하나도 안 나오고
재만 풀풀 날립니다.
비장의 카드 마술을 보여줄 셈일까요.
풀이 죽은 마술사는
두 손을 주머니에 찔러 넣고
옹송그리고 있습니다.

하하, 예측은 금물이올시다.
눈을 내리게 할 참이었군요.
눈이 내립니다.

눈과 재가 만나 춤을 춥니다.
마술사는 잠든 척 의뭉을 떱니다.
남루한 의상을 걸치고
얼굴엔 검정을 묻힌 마술사,
그의 해진 구두 위로도
눈이 내립니다.
제일 깨끗한 눈은 딸에게 줄
선물이라지요.
고단한 마술사의 잠 위로
경련이, 작은 발자국을 남기고
날아가더이다.

너구리 저택의 눈 내리는 밤

너구리 가죽을 뒤집어쓴 12월 바람, 눈은 내리는데,
푹푹 쌓이는데, 너구리 가죽을 뒤집어쓴 할아버지
혼신,
너구리 가죽을 뒤집어쓴 아버지, 수북한 털가죽에
손을 찔러 넣고 체념하지 못한 꿈을 노래하는데,
막걸리 한 잔씩을 걸치고 날생선을 뜯으며,
세상은 머리까지 눈 이불을 뒤집어쓰고 잠꼬대를
하는데,
너구리 가죽을 뒤집어쓴 고양이, 강아지, 수한무,
개그맨, 회사원, 꽃집 아가씨, 약국 아저씨, 농부,
너구리 가죽을 뒤집어쓴 두꺼비, 탐정, 손자놈, 전경
아우들,
썩은 굴참나무 밑 너구리 저택은 흥청흥청.
눈보라가 빗금을 그으며 떨어지는 12월,
너구리 가죽 가득 눈꽃들을 받아주겠다고
손녀딸의 잠을 툴툴 털어주고 계신 너구리 가죽을
뒤집어쓴
선생님, 우와, 하고 입을 쫙 벌린 너구리 가죽을 뒤

집어쓴

　조직 폭력배, 동승, 소설가 김씨, 사실은 순진했던

　너구리 가죽을 뒤집어쓴 국회의원 양반,

　통속적인 활극을 연출하는 너구리 삼인조,

　와자지껄, 수한무를 찾는 숨이 넘어가는 만담,

　모두가 즐거운 한때, 눈은 쌓이는데,

　두런두런 유년을 찾아가는데, 종종 미끄러지는데,

　청어를 굽는데, 날치알을 먹으며 깔깔대는데,

　하얀 눈은 아랫마을을 재우고는 재 너머 공동묘
지에도 내리는데,

　썩은 굴참나무 그림자에 빠져 죽은 수상한 허물
들 위에도 내리는데,

　누군가 죽은 친척 이야길 꺼내 시무룩해졌다가는,

　다시 만월滿月의 잔이 도는데,

　오페라의 아리아도 좋고,

　음정 박자 무시한 대중가요도 좋은데, 엉덩이춤을
추는데,

　정부도 없고 계급도 없고 빈부마저 없이

너구리 가죽끼리 따뜻한데,

썩은 굴참나무 밑 너구리 저택에도 눈은 시간처럼 쌓이는데,

작은 혁명의 밤이 하얗게, 하얗게 지워지는데,

바람의 말을 자꾸 헛들어도 좋은,

너구리 말로도 그대로 좋은 너구리 저택의 밤.

하얀 눈 위에 찍힌 너구리 발자국,

그리고

천 년만큼 깊이 내려간 쓸쓸함, 눈을 툭툭 털고 들어오는.

6부

고양이 교실

빈 복도를 달려가 교실 문을 연다. 고양이들의 눈
이 일제히 열린 문을 향한다. 책상 위에 고양이가 한
마리씩 올라가 있다. 마흔 몇 쌍인가의 눈에서 인광
燐光이 번쩍인다. 한 발짝도 더 내디딜 수 없다. 우레
탄 깔린 운동장에 빛의 부스러기들이 구른다. 월요
일이다. 틀림없이 운동장에는 국기가 휘날리고 있을
것인데…….

옴마테움*

유진은술을끊었고소영은잠적했다.
명준은카페다뉴브맛의비밀을캐냈고
이군은서랍속에수면제를모았다.
대학독문과조교로일하던윤은
아름답고푸른도나우의시원始原을찾아떠났고
석진은코르덴바지뒷주머니에테드휴즈시집을
넣고다녔다. 이모든일의이면엔
팬터마임흰얼굴이숨어있었다.

*

옴마테움은먼저피사체를
분열시켰고재통합의순간에파멸했다.
개와늑대의시간은늙은교수같은음성으로
밤이걷는길에대해설명할것을요청했고,
그녀의제자인까마귀는눈하늘저편으로
날아올랐다. 그것은마치암호문처럼보였고,
그날, 밤이정말걸어오는길전봇대옆에

팬터마임의사내도암호처럼서있었다.

*

"시는어째서두려움을극복하지못할까."
나는두려움에떨면서끝없는교성嬌聲의거미줄로
분열했고, 돈오頓悟도에피파니epiphany도,
역시재통합을가져오지는못했다. 거울안에서
그날, 거미가피에로분장을하는
사내의피를다시빨고있었다.

* ommatéum, 곤충의 복안複眼.

담장 위의 소풍

담장 위를 들고양이 한 마리가 달려갔다.

저것이 추락을 두려워하지 않는 건
발이 위기의식으로 벼려져 온 탓이다.

반쯤 흘러내린 뇌수腦髓가 자꾸 거슬린다.
담장이 끝나면 무엇이 버티고 있을까.
고양이들은 알고 있을 것이다.
눈이 멀어도 좋으니 그걸 한 번만 보고 싶어.
죽어서도 궁금한 데는 약이 없다.

그러니 뇌수 냄새가 진동하도록 힘쏠밖에.
고양이들을 꼬드겨야지.
난 고단백 영양식이란다, 나비야.
내 영혼을 달고 달려라, 나비.
긴 담장의 길과 담장 아래 들을 지나
멀리 떡갈나무 숲과 그 너머로.

썩어가는 시체 한 구와
이 모든 것을 매끄럽게 문지르는 달…….
바람이 분다.

담장 위를 들고양이 한 마리가 달려간다.

천국, 내려오지 않는

칠레 유야이야코 산정 22,000피트,
잉카인들은 날씨를 주관하는 산에
자식들을 산 채로 바친 모양이다.
술의 주술에 취해 얼어 죽은 키 작은 미라들은
은제 라마 미니어처를 타고 천국에 갔으렷다.
아비들은 제사장 말만 믿고 눈물을 말렸으리.
차안보다는 피안이고
사는 건 늘 건강에 해롭다네.

내셔널 지오그래픽의 설산 사진이
둘러쓴 이불 밑으로 언 발을 집어넣는다.
세상 참 춥다. 그러나 그곳은 아직 멀리 있다.
고마운 텔레비전이 그곳에 대해
저능아처럼 논평한다.
아비가 자식의 목을 눌렀다네요.
가끔 창밖으로 시선이 간다.
그건 아주 끔찍한 일?!

놀이터 그네를 타는 꼬마 귀신,
눈사람처럼 몸을 말고 있고나.
죽어서도 추운 게야, 옆집 할멈은 치매다.
내려오지 않는다, 머언 천국은.

장 콕도와 나

우리들 세기가 장 콕도*를 말하지 않는 건 잘못이에요. 저는 어느 생물 시간 현미경으로 본 양파의 껍질 세포 안에서 그를 처음 보았지요. 다음엔 잠자리의 눈에서, 피카소의 입체적 그림들에서, 마지막으로 「진혼곡」 연작(1962)에서도. 그러나 그의 소설 『무서운 아이들』(1929)에서 비로소 진짜 그와 만날 수 있었답니다. 우리들 옆으로 마을 아이들은 눈싸움을 하고 있었지요 아마. 다르겔로의 돌멩이를 넣은 눈뭉치가 한 아이의 가슴에 상처를 냈지 뭐예요. 그 아이가 누이 엘리자베스와의 섹스 없는 근친상간의 밀실에서 성장을 멈추고 있었을 때, 다르겔로가 찾아와 신비의 독毒뭉치로 죽음을 불러들였고 상징이 완성되었어요. 장 콕도는 자주 사실을 말했고 이건 거짓말이라고 거짓말했고, 요절한 친구 레이몽 라디게를 말할 때, 언제나 목이 잠겼으므로 저는 『무서운 아이들』과 라디게와 장 콕도를 관련지었습니다. 그는 영화 〈오르페Ⅱ〉에서 자신을 지웠고 다른 필름 안에서도 시간의 흐름을 조작하는 수법으로 자신의 스케치를 지우는 데 열중했어요. 저는 예술이란 것의 본질이 '서명하는 행위'와 '그것을 지우는 행위' 속에서 구성되는 것을 그에게 배웠고 그의 선禪을 그렇게 이해했지요. 제가 상처 입었고 음독사할 것이며 제 서명을 지우는 데 열중해야 할 거란 걸 가르쳐준 장 콕도를 말하는 건, 어쩜 저와 제 시의 운명인지 모르겠어요.

* Jean Cocteau(1889~1963), 프랑스의 시인 겸 극작가.

오래된 집을 떠나며

질산의 달이 부어지자
집 마당 동판 위에
내 그림자가 녹아들고 있었지.
그런 밤 나는 집이 나를
가지고 싶어 한다 느꼈고
떠나고 싶다는 생각에 빠졌었어.
박쥐가 가고일gargoyle처럼
처마에 매달려 침침한 눈으로
초점을 모으려 애쓰는 밤의 집,
시궁쥐들의 은밀한 대화와
장구벌레들의 행군 소리에도
집의 계략은 숨어 있었네.
마루 밑의 신발들,
짝이 다른 슬리퍼 두 짝은
닻을 올리라는 선장의 말을 기다렸지.
포세이돈이라 불리는 늙은 개가
항상 배를 숨기는 일을 즐겼으므로
내 신발들은 약간 초조해했네.

그러는 동안에도
방 안 벽엔 융털 같은 곰팡이가 번졌고
무좀처럼 균열은 거슬리는 징후였었어.

은하의 밤 나는 떠날 수 있었네.
낡은 집이 시인을
동판화 속에 가두기 전에
보풀이 일어난 속옷을 버리고,
정원에서 발견한 에메랄드 빛 구슬과
오래된 해태 타이거즈 모자를 버리고,
포세이돈에게 인사도 하지 않고
머리가 빠져 중세 수사修士처럼 된 아비와
처지는 살을 슬퍼하는
찐빵을 많이 닮은 어미를 버리고.

※ 개정판에는 실리지 않은 시의 목록

「진실게임」, 「대니 보이」, 「젊은 흡혈귀의 초상」, 「버스 정류장에서」, 「장이지 프로젝트」, 「자작나무 길을 따라」, 「꽃게처럼 안아줘」, 「십칠야 날씨, 포근함」, 「탄토 템포」, 「골반이 뒤틀린 여자」, 「수놓는 여자」, 「해변의 밤」, 「철남」, 「가죽점퍼를 입은 앨리스」, 「카스파가 죽은 뒤에」, 「철남, 붉은 무지개」, 「'제로'라 불리는 전투기」

※ 개정판에 새로 실린 시의 목록

「구미호」, 「엄청난 기대」, 「자책하는 자」, 「내 고향으로 날 보내주오」, 「먹이」, 「분자」, 「허물」, 「날마다 일요일」, 「군청群靑」, 「모모타로桃太郎」, 「연금생활자와 그의 아들」, 「메종 드 히미코」, 「블로그」, 「박치기」, 「얼굴이라는 기계」, 「고양이 교실」, 「옴마테움」

LINK

1부

「구미호」

구미호는 사람들의 정기를 뽑아 먹는 요괴일까. 혹은 사별한 사람들을 애도하면서 자신의 마음속에서 망자들의 자리를 찾아주려고 하는 것일까.

「엄청난 기대」

'엄청난 기대'는 '위대한 유산'이기도 하다. 이 시에 등장하는 소년은 연극배우일까, 혹은 도둑일까. 그것도 아니면 모두 다일까. 소년이 코인로커를 자꾸 열어보는 이유는 '고도 씨'를, 다시 말해 '신'을 찾는 것이다. 이 시는 베케트Samuel Beckett의 「고도를 기다리며」(1952)에 대한 내 나름의 해석을 포함하고 있다. 2007년판의 「꽃게처럼 안아줘」는 같은 작품에 대한 다른 해석을 포함하고 있다. 「꽃게처럼 안아줘」 대신 이 시를 개정판에 싣기로 했다.

「자책하는 자」

자책하는 자의 자해, 혹은 자살 충동을 다루고 있다. 그런데 자살자의 죽음은 자살자의 것이 아니다. 죽은 자에게 의미는 무의미하다. 의미는 산 자의 것이다. 자살자가 자책해서 죽었다고 하는 것은 산 자의 해석일 뿐인지도 모른다. 이 시에서 그렇다는 것이지 일반적인 '자살론'은 아니니 오해가 없으셨으면 한다.

「내 고향으로 날 보내주오」

남자는 무엇으로부터 도망치는가? 쫓아오는 지하철 역사의 직원들에게서? 혹은 죽은 아내의 원혼에게서? 그것도 아니면 자신의 죄책감으로부터?

「먹이」

'네카마ネカマ'는 웹에서 여자인 체하는 남자를 가리키는 말이다. 웹에서는 성별이나 나이, 외모의 의미가 무화되어버린다. 서로의 정체성을 확정할 수 있는 근거가 거의 없다. '쵸파'나 '혹성탈출'은 일종의 'ID.'다.

「분자」

'분자'라는 말의 반의어는 '개인individual'이다. '개인' 이란 더 이상 나눌 수 없는 존재다. 개성을 지닌 존재인 것이다. 그에 반해 분자는 구분할 수 있는 존재, 통계적 으로 범주화할 수 있는 존재다. 개인과 분자 중 어떤 존 재가 되는 것이 옳을까. 이런 질문은 안 좋은 질문인지 모르겠다. 그것은 의외로 답하기 어려운 질문이다.

「허물」

'비난받는 여성'에 대한 시이다. 그리고 '비난받는 여 성을 옹호하는 남성'에 대한 시이기도 하다. 프로이트 의 논의에 기반을 둔 시이다.

※ 1부에 묶인 시들은 도시괴담으로 읽어도 좋다. 일종의 설화인 셈이다. 이 설화를 통해 내가 묻고 싶은 것은 '진실'이 무엇이냐는 것 이 아니다. '진실'을 말하는 것부터가 수상쩍은 일이다. 이미 우리는 그런 환경 속에 살고 있다.

2부

「백하야선白河夜船」

요시모토 바나나吉本ばなな 소설의 제목이지만, 이 시와는 별로 관련이 없다. 이 시는 미야자와 겐지宮澤賢治의 「은하철도의 밤」(1934)의 영향 아래 있다. 미야자와 겐지에 대해서는 최근 들어 더 많이 생각하고 있어서 지금 이 시를 쓴다면 더 잘 쓸 수 있을 것 같지만 다소 고쳐서 그냥 실었다.

「안국동울음상점」

고양이 군은 내 그림자shadow다. '안국동울음상점'은 내 내면의 도피 공간일 터이지만, 내가 이 상점에 머무르지 않고 다시 "감동 없는 거리"로 돌아가야 한다는 것을 알고 있다는 점이 이 시 이해의 포인트이다. 이 시는 군대에서 썼다. 울음의 이름은 L'Arc～en～Ciel의 곡 제목들을 변형한 것이다. 내무반에 그 음반이 있었다. 그것이 어떤 음반인지 지금 기억하는 것은 불가능하다.

「천사」

훈의초薰衣草는 '라벤더'다. 잠옷에 향기로 어린다는
구절이 이 시에 나오는데 그 구절과의 호응이라는 면
에서는 '라벤더'보다 '훈의초'라는 시어가 더 잘 어울린
다고 보았다.

「군청群靑」

이 시에 대해서는 다음 허희 씨와의 대담을 참조하
기 바란다. ▶「"인간에 대해 더 많이 알고 싶고, 여전
히 남들과는 다른 이야기를 하면서 특별해지고 싶은"
시인과 그의 시」(『딩아돌하』, 2017년 겨울호) 참조. 이
시는 이 대담이 행해질 때까지는 『레몬옐로』(문학동네
시인선, 2018)에 넣을 계획이었다. 그런데 시의 내용이
지나치게 나약한 느낌이어서 마지막에 그냥 들어냈다.

「콜라병 기념비」

빈 콜라병은 시적 주체의 공허함을 나타낸다. 한 행
으로 독립시킨 홀수 연들은 일종의 자막 역할을 하고
있다.

「모모타로桃太郎」

길동무로 등장하는 '세 마리의 개'는 모두 우리 집 개
들이다. 두 마리는 죽고 한 마리도 죽어간다. 모모타로
설화에는 '개, 원숭이, 꿩'이 일행으로 등장한다.

3부

「권야倦夜」

차이밍량蔡明亮 영화〈구멍〉(1998)을 보고 쓴 시이다.
세기말의 '소통에 대한 열망'을 '구멍'과 연관시키고 있
다. '권야'는 몸을 뒤척이는 밤이라는 의미이다.

「명왕성에서 온 이메일」

이 시는 신카이 마코토新海誠 아니메〈별의 목소리〉
(2002)의 영향을 받고 쓴 시이다. 신카이 마코토에 대
해서는 다음의 내 책을 참고할 수 있다. ▶『콘텐츠의 사
회학』(서랍의날씨, 2015), 72~81쪽. 싸이월드가 유행하
던 시절이어서인지 시적 상황에 싸이월드적인 장치들이
눈에 띈다. 이 시는 내 시 중에 가장 널리 읽히고 있는

시가 아닌가 싶다. 십대들이 좋아해주는 것 같다. 그런데 다른 좋은 시들도 있어요, 여러분.

「군함 말리의 우주여행」

안자이 후유에安西冬衛 시의 영향을 받았다. 2007년판의 형식은 안자이 후유에 식의 단장斷章 방식이라고 할 수 있다. 개정판에서는 평범한 연 구분 방식으로 고쳤다.

「피곤」

이 시는 『연꽃의 입술』(문학동네시인선, 2011)로 이어지는 다리 역할을 한다. 2007년판에 실린 시 중 가장 마지막에 쓴 시이다. 『연꽃의 입술』에서 '오르골'은 '연화대蓮花臺'로 변주된다.

「셔벗 랜드」

이 연작은 초현실주의 풍을 실험한 것이다. 기억 속 이미지들을 초현실주의 풍으로 변형시켜본 것인데 이 실험은 그다지 성공적이지 않았다. '셔벗 랜드'는 아무리 그럴듯한 포장을 한다고 해도 퇴행 공간에 지나지 않는다. 삶이 고단한 이십대 후반 청년의 꿈으로의 도피인 셈이다. 개정판을 만들면서 이 연작을 들어낼까 고민하다가 그냥 두었다. 마흔이 넘은 내게는 치기 어린 세계이지만, 현실에서 벗어나 퇴행 공간을 찾는 젊은이들에게는 공감을 얻을 수 있을지 모른다는 생각에서였다. 셔벗 랜드는 안주의 공간이 아니라 곧 녹아 없어지는 세계다. 퇴행적 자아는 이 녹아 없어지는 세계를 버리고 현실 세계로 돌아와야 한다.

「다시 시작할 수 있을까」

군대에서 나는 공구 보급병이었다. 어느 날인가 사단 보수대대에 군무원 아저씨와 함께 간 일이 있다. 그날 보수대대 창고 앞에 쪼그려 앉아 나는 햇빛을 잔뜩 뒤집어썼다. 멀리 서 있는 키 큰 나무들의 잎새들이 살랑살랑 흔들렸다. 잘 설명할 수는 없는데 왠지 그날 지금까지와는 달리 살아보고 싶다는 강한 충동에 휩싸였다. 이 시는 그날의 인상을 쓴 것이다.

「누드 냉장고」

변예슬이라는 아티스트가 이 시를 그림으로 그린
적이 있다. 그 그림 속의 '누드 냉장고'는 영업용 냉장
고이다. 나는 이 그림을 보고 깜짝 놀랐다. 내가 생각
하는 '누드 냉장고'는 이 세상에 없는 냉장고다.

4부

「흡혈귀의 책」

미셸 투르니에Michel Tournier의 『흡혈귀의 비상』(현
대문학, 2002)이 번역되어 나오기 전에 쓴 시이다. 이
시는 브램 스토커Bram Stoker의 오리지널을 패러디한
작품이다.

「용문객잔」

영상 콘텐츠로서 '용문객잔'에 대해서는 이미 밝힌
바 있다. ▶『레몬옐로』의 Link 123~124쪽 '용문객잔'
항목 참조. 그런데 여기에 덧붙여서 몇 가지 더 적어
볼 수도 있을 것 같다. '용문객잔'의 발상은 사실 랭보

Arthur Rimbaud의 시 「대홍수 후」의 한 구절과도 관련
이 없지 않다. "카라반이 출발했다. 그리고 장엄 호텔
은 극점의 얼음과 밤의 카오스 속에 세워졌다."(『랭보
시선』, 이준오 역, 책세상, 1990, 210~213쪽.) '장엄 호
텔'은 이 책의 주석에 따르면 '새벽'이다. 구름 사이를
뚫고 나온 빛이 만드는 '제단祭壇'으로서의 '새벽'인 셈
이다. '장엄 호텔'은 일종의 신기루인 셈이다. '용문객
잔'은 그 중화권 버전이다. 이 시의 반복법은 긴즈버그
Allen Ginsberg의 시 「The Howl」에서 영향을 받았다.

「메종 드 히미코」

각주에서 밝힌 대로 이누도 잇신犬童一心의 2005년
영화이다. 이 시는 영화시로 분류할 수 있다. 중간에
아야쓰지 유키토綾辻行人에 대해 나오는데 그와 그의
양관에 대해서는 다음의 내 책을 참고할 수 있다. ▶
『콘텐츠의 사회학』, 46~50쪽 '양관의 기괴함' 항목.

「까마귀」

이 시는 테드 휴즈Ted Hughes의 '까마귀Crow' 연
작에서 영향을 받았다. 시에 나오는 빙 크로스비Bing

Crosby는 유명한 재즈 가수다. '눈 덮인 버몬트'가 나오는 노래는 무슨 노래였는지 기억이 전혀 나지 않는다. 퓨즈가 나간 것처럼 깜깜하다.

「블로그」

「마음은 그래픽」(『라플란드 우체국』, 실천문학사, 2013)의 속편이다.

5부

「용천역 부근」

2004년 평안북도 용천역 열차폭발 사건을 배경으로 한 작품이다. 자신의 아픔을 제대로 설명할 수 없는 아이의 몸짓을 그려 보려고 했다.

「몬스터 몽타주」

2003년 대구 지하철 중앙로역 화재 참사를 배경으로 한 작품이다. 2007년판에는 부제를 달아서 이 사건과의 관련성을 밝혔지만 개정판에서는 부제를 뺐다. 참사가 일어날 때마다 사태의 본질을 보지 않으려고 외면해왔기 때문에 같은 일이 계속 일어나는 것은 아닐까.

「박치기」

각주에서 밝힌 대로 이즈쓰 가즈유키井筒和幸의 2004년 영화이다. 이 시는 영화시로 분류할 수 있다. 자이니치의 신산한 삶에 대해 이야기하자면 한도 끝도 없다. 타인의 삶에 대해 간단히 말하는 것은 실례가 아닌가 한다. 그것은 말로 정리할 수 없는 무언가를 포함하고 있다. 문학은 그 말로 전할 수 없는 것을 기록하여 남긴다고 하는 역설 위에 성립한다.

「얼굴이라는 기계」

악인은 어디에나 있다. 악인을 처벌해도 악 자체는 사라지지 않는다. 악 자체와 대결하는 것은 지난한 일이고 악인을 벌주는 것은 그에 비하면 손쉬운 일이다. 우리는 자주 손쉬운 일에 경주함으로써 지난한 일을 회피해오곤 했다. 더욱이 손쉬운 일에 우리가 가하는 폭력은 악 자체에 근접해 보일 때조차 있다. 전체주의

라는 것은 다른 것이 아니다. 우리가 정의에 불타올라 행한 일 중에도 그런 것은 있을지 모른다.

「너구리 저택의 눈 내리는 밤」

스즈키 세이준鈴木淸順 영화 〈오페레타 너구리 궁전ォペレッタ狸御殿〉(2005)을 보고 영감을 받은 작품이다. 이 영화는 오페레타 형식을 취했는데, 다른 장르를 위협하는 영화라는 점에 호감이 갔다. 그래서 기존의 형식과는 다른 시를 써보고 싶어졌는데, 내 형식 실험은 스즈키 세이준처럼 파격적인 경지에까지는 이르지 못했다.

※ 5부의 시들은 정치적인 의미가 있는 것들을 추린 것이다. 요즘에는 '세월호 사건'이라든지 정치적인 함의가 있는 시를 쓰는 시인들이 많아졌지만, 당시에는 그런 시인들이 많지 않았다. 평가도 그리 좋지 않았던 것 같다. 지금에 와서 생각해 보면, 이런 유형의 시들은 시간의 마모에 더 취약하다. 시간이 지나면 기억은 희미해진다.

6부

「옴마테움」

곤충의 겹눈을 뜻하는 라틴어 단어 ommatéum.
이 시는 내 등단작 다섯 편 중 하나인데 2007년판에는
싣지 않았다. 애초 잡지에는 라틴어 단어의 철자가 틀
리게 실렸다. 라틴어를 모르는 내가 이 단어를 알게 된
것은 미국 시인 아몬즈(A. R. Ammons, 1926~2001)
를 통해서였다. 이 단어는 그의 시집 제목이기도 하다.
습작기에 나는 외국시를 많이 읽었다. 그 탓에 시가 난
삽해진 면이 있다. 이 시의 내용은 아몬즈의 시와는 전
혀 관련이 없다.

「담장 위의 소풍」

이 시는 이와이 순지岩井俊二 영화 〈피크닉〉(1996)을
보고 쓴 시이다. 영화와 시는 내용상 관련이 별로 없다.

「천국, 내려오지 않는」

이 시의 제목은 시마다 마사히코島田雅彦 소설의 제

목을 조금 변형한 것이다. 내 시에 자주 등장하는 '텔레비전'이라는 시어가 여기에도 등장한다. 가장 처음 등장한다. ▶『레몬옐로』의 Link 126쪽 '텔레비전' 항목의 설명 참조.

「장 콕도와 나」

이 시는 언젠가 다시 고쳐 써보고 싶다. 형태를 조금 고쳐 보았다.

「오래된 집을 떠나며」

이 시는 집을 떠나 어른이 되는 이야기를 담고 있다. 데뷔작으로는 걸맞은 시였다고 여겨진다. 이 시를 투고할 때는 그런 생각으로 한 것은 아니고, 지금 와서 돌이켜 보니 그렇다는 말이다.

※ 6부에서는 데뷔작 다섯 편을 잡지에 실린 역순으로 배치한다. 당시 추천위원 선생님께서는 내가 시를 잘 본다고, 투고용 원고의 배치 순서대로 시가 좋다는 말씀을 해주셨다. 단순한 격려였을 터인데 그 후로 나는 그 말처럼 되기 위해 무척 애를 쓰며 살았다. 마지막의 마지막에 「고양이 교실」이라는 시를 6부 첫머리에 끼워 넣었다. 데뷔작들이 모두 짝수 면부터 실리는 게 좋을 것 같았다.

안국동 울음상점 1.5

2020년 3월 20일 1판 1쇄 펴냄
2022년 2월 21일 1판 2쇄 펴냄

지은이	장이지
펴낸이	김성규
책임편집	김은경 조혜주
디자인	김동선
펴낸곳	걷는사람
주소	서울 마포구 월드컵로16길 51 서교자이빌 304호
전화	02 323 2602
팩스	02 323 2603
등록	2016년 11월 18일 제25100-2016-000083호

ISBN   979-11-89128-65-4 04810

ISBN   979-11-89128-08-1 (세트) 04810